時間的去處

徐訏文集

新詩卷

導言　徬徨覺醒：徐訏的文學道路

陳智德

「個人的苦悶不安，徬徨無依之感，正如在大海狂濤中的小舟。」[1]

——徐訏〈新個性主義文藝與大眾文藝〉

在二十世紀四、五十年代之交，度過戰亂，再處身國共內戰意識形態對立夾縫之間的作家，應自覺到一個時代的轉折在等候著，尤其在當時主流的左翼文壇以外，被視為「自由主義作家」或「小資產階級作家」的一群，包括沈從文、蕭乾、梁實秋、張愛玲、徐訏等等，一整代人在政治旋渦以至個人處境的去與留之間徘徊，最終作出各種自願或不由自主的抉擇。

1 徐訏〈新個性主義文藝與大眾文藝〉，收錄於《現代中國文學過眼錄》，台北：時報文化，一九九一。

一

一九四六年八月，徐訏結束接近兩年間《掃蕩報》駐美特派員的工作，從美國返回中國，直至一九五〇年中離開上海奔赴香港，在這接近四年的歲月中，他雖然沒有寫出像《鬼戀》和《風蕭蕭》這樣轟動一時的作品，卻是他整理和再版個人著作的豐收期，他首先把《風蕭蕭》交給由劉以鬯及其兄長新近創辦起來的懷正文化社出版，據劉以鬯回憶，該書出版後，「相當暢銷，不足一年，（從一九四六年十月一日到一九四七年九月一日），印了三版」[2]，其後再由懷正文化社或夜窗書屋初版或再版了《阿刺伯海的女神》（一九四六年初版）、《烟圈》（一九四六年初版）、《蛇衣集》（一九四八年初版）、《幻覺》（一九四八年初版）、《四十詩綜》（一九四八年初版）、《兄弟》（一九四七年再版）、《母親的肖像》（一九四七年再版）、《生與死》（一九四七年再版）、《春韮集》（一九四七年再版）、《一家》（一九四七年再版）、《海外的鱗爪》（一九四七年再版）、《舊神》（一九四七年再版）、《成人的童話》（一九四七年再版）、《西流集》（一九四七年再版）、潮來的時候（一九四八年再版）、《黃浦江頭的夜月》（一九四八年再版）、《吉布賽的誘惑》（一九四九再版）、《婚事》（一九四九年再版），[3]粗略統計從一九四六年至一九四九年這三年間，徐訏在上海出版和再版的著作達三十多種，成果

2 劉以鬯〈憶徐訏〉，收錄於《徐訏紀念文集》，香港：香港浸會學院中國語文學會，一九八一。

3 以上各書之初版及再版年份資料是據賈植芳、俞元桂主編《中國現代文學總書目》、北京圖書館編《民國時期總書目，一九一一－一九四九》。

可算豐盛。

《風蕭蕭》早於一九四三年在重慶《掃蕩報》連載時已深受讀者歡迎，一九四六年首次結集成單行本出版，沈寂的回憶提及當時讀者對這書的期待：「這部長篇在內地早已是暢銷一時的名著，可是淪陷區的讀者還是難得一見，也是早已企盼的文學作品」[4]，當劉以鬯及其兄長創辦懷正文化社，就以《風蕭蕭》為首部出版物，十分重視這書，該社創辦時發給同業的信上，即頗為詳細地介紹《風蕭蕭》，作為重點出版物。徐訏有一段時期寄住在懷正文化社的宿舍，與社內職員及其他作家過從甚密，直至一九四八年間，國共內戰愈轉劇烈，幣值急跌，金融陷於崩潰，不單懷正文化社結束業務，其他出版社也無法生存，徐訏這階段整理和再版個人著作的工作，無法避免遭遇現實上的挫折。

然而更內在的打擊是一九四八至四九年間，主流左翼文論對被視為「自由主義作家」或「小資產階級作家」的批判，一九四八年三月，郭沫若在香港出版的《大眾文藝叢刊》第一輯發表〈斥反動文藝〉，把他心目中的「反動作家」分為「紅黃藍白黑」五種逐一批判，點名批評了沈從文、蕭乾和朱光潛。該刊同期另有邵荃麟〈對於當前文藝運動的意見——檢討．批判．和今後的方向〉一文重申對知識份子更嚴厲的要求，包括「思想改造」。雖然徐訏不像沈從文般受到即時的打擊，但也逐漸意識到主流文壇已難以容納他，如沈寂所言：「自後，上海一些左傾的報紙開始對他批評。他無動於衷，直至解放，輿論對他公開指責。稱《風蕭蕭》歌頌特務。他也不辯論，知道自己不可能再在上海逗留，上海也不會再允許他曾從事一輩子的寫作，就捨別妻女，

[4] 沈寂〈百年人生風雨路——記徐訏〉，收錄於《徐訏先生誕辰100週年紀念文選》，上海：上海社會科學院出版社，二〇〇八。

離開上海到香港。」[5]一九四九年五月二十七日，解放軍攻克上海，中共成立新的上海市人民政府，徐訏仍留在上海，差不多一年後，終於不得不結束這階段的工作，在不自願的情況下離開，從此一去不返。

二

一九五〇年的五、六月間，徐訏離開上海來到香港。由於內地政局的變化，其時香港聚集了大批從內地到港的作家，他們最初都以香港為暫居地，但隨著兩岸局勢進一步變化，他們大部份最終定居香港。另一方面，美蘇兩大陣營冷戰局勢下的意識形態對壘，造就五十年代香港文化刊物興盛的局面，內地作家亦得以繼續在香港發表作品。徐訏的寫作以小說和新詩為主，來港後亦寫作了大量雜文和文藝評論，五十年代中期，他以「東方既白」為筆名，在香港《祖國月刊》及台灣《自由中國》等雜誌發表〈從毛澤東的沁園春說起〉、〈新個性主義文藝與大眾文藝〉、〈在陰黯矛盾中演變的大陸文藝〉等評論文章，部份收錄於《在文藝思想與文化政策中》、《回到個人主義與自由主義》及《現代中國文學過眼錄》等書中。

徐訏在這系列文章中，回顧也提出左翼文論的不足，特別對左翼文論的「黨性」提出質疑，也不同意左翼文論要求知識份子作思想改造。這系列文章在某程度上，可說回應了一九四八、四九年間中國大陸左翼文論的泛政治化觀點，更重要的，是徐訏在多篇文章中，以自由主義文藝的

5 沈寂〈百年人生風雨路——記徐訏〉，收錄於《徐訏先生誕辰100週年紀念文選》，上海：上海社會科學院出版社，二〇〇八。

觀念為基礎，提出「新個性主義文藝」作為他所期許的文學理念，他說：「新個性主義文藝必須在文藝絕對自由中提倡，要作家看重自己的工作，對自己的人格尊嚴有覺醒而不願為任何力量做奴隸的意識中生長。」[6]徐訏文藝生命的本質是小說家、詩人，理論鋪陳本不是他強項，然而經歷時代的洗禮，他也竭力整理各種思想，最終仍見頗為完整而具體地，提出獨立的文學理念，尤其把這系列文章放諸冷戰時期左右翼意識形態對立、作家的獨立尊嚴飽受侵蝕的時代，更見徐訏提出的「新個性主義文藝」所倡導的獨立、自主和覺醒的可貴，以及其得來不易。

《現代中國文學過眼錄》一書除了選錄五十年代中期發表的文藝評論，包括《在文藝思想與文化政策中》和《回到個人主義與自由主義》二書中的文章，也收錄一輯相信是他七十年代寫成的回顧五四運動以來新文學發展的文章，集中在思想方面提出討論，題為「現代中國文學的課題」，多篇文章的論述重心，正如王宏志所論，是「否定政治對文學的干預」[7]，而當中表面上是「非政治」的文學史論述，「實質上具備了非常重大的政治意義：它們否定了大陸的文學史論述」[8]，徐訏所針對的是五十年代至文革期間中國大陸所出版的文學史當中的泛政治論述，動輒以「反動」、「唯心」、「毒草」、「逆流」等字眼來形容不符合政治要求的作家；所以王宏志最後提出《現代中國文學過眼錄》一書的「非政治論述」，實際上「包括了多麼強烈的政治含義」。這政治含義，其實也就是徐訏對時代主潮的回應，以「新個性主義文藝」所倡導的獨立、

6 徐訏〈新個性主義文藝與大眾文藝〉，收錄於《現代中國文學過眼錄》，台北：時報文化，一九九一。

7 王宏志〈心造的幻影——談徐訏的《現代中國文學的課題》〉，收錄於《歷史的偶然：從香港看中國現代文學史》，香港：牛津大學出版社，一九九七。

8 同前註。

自主和覺醒，抗衡時代主潮對作家的矮化和宰制。《現代中國文學過眼錄》一書顯出徐訏獨立的知識份子品格，然而正由於徐訏對政治和文藝的清醒，使他不願附和於任何潮流和風尚，難免於孤寂苦悶，亦使我們從另一角度了解徐訏文學作品中常常流露的落寞之情，並不僅是一種文人性質的愁思，而更由於他的清醒和拒絕附和。一九五七年，徐訏在香港《祖國月刊》發表〈自由主義與文藝的自由〉一文，除了文藝評論上的觀點，文中亦表達了一點個人感受：「個人的苦悶不安，徬徨無依之感，正如在大海狂濤中的小舟。」[9]放諸五十年代的文化環境而觀，這不單是一種「個人的苦悶」，更是五十年代一輩南來香港者的集體處境，一種時代的苦悶。

三

徐訏到香港後繼續創作，從五十至七十年代末，他在香港的《星島日報》、《星島週報》、《祖國月刊》、《今日世界》、《文藝新潮》、《熱風》、《筆端》、《七藝》、《新生晚報》、《明報月刊》等刊物發表大量作品，包括新詩、小說、散文隨筆和評論，並先後結集為單行本，著者如《江湖行》、《盲戀》、《時與光》、《悲慘的世紀》等。香港時期的徐訏也有多部小說改編為電影，包括《風蕭蕭》（屠光啟導演、編劇，香港：邵氏公司，一九五四）、《傳統》（唐煌導演、徐訏編劇，香港：亞洲影業有限公司，一九五五）、《痴心井》（唐煌導演、

9 徐訏〈自由主義與文藝的自由〉，收錄於《個人的覺醒與民主自由》，台北：傳記文學出版社，一九七九。

王植波編劇，香港：邵氏公司，一九五五）、《鬼戀》（屠光啟導演、編劇，香港：麗都影片公司，一九五六）、《盲戀》（易文導演、徐訏編劇，香港：新華影業公司，一九五六）、《後門》（李翰祥導演、王月汀編劇，香港：邵氏公司，一九六〇）、《江湖行》（張曾澤導演、倪匡編劇，香港：邵氏公司，一九七三）、《人約黃昏》（改編自《鬼戀》，陳逸飛導演、王仲儒編劇，香港：思遠影業公司，一九九六）等。

徐訏早期作品富浪漫傳奇色彩，善於刻劃人物心理，如〈鬼戀〉、〈吉布賽的誘惑〉、〈精神病患者的悲歌〉等，五十年代以後的香港時期作品，部份延續上海時期風格，如《江湖行》、《後門》、《盲戀》，貫徹他早年的風格，另一部份作品則表達歷經離散的南來者的鄉愁和文化差異，如小說《過客》、詩集《時間的去處》和《原野的呼聲》等。

從徐訏香港時期的作品不難讀出，徐訏的苦悶除了性格上的孤高，更在於內地文化特質的堅守，拒絕被「香港化」。在《鳥語》、《過客》和《癡心井》等小說的南來者角色眼中，香港不單是一塊異質的土地，也是一片理想的墓場、一切失意的觸媒。一九五〇年的《鳥語》以「失語」道出一個流落香港的上海文化人的「雙重失落」，而在《癡心井》的終末則提出香港作為上海的重像，形似卻已毫無意義。徐訏拒絕被「香港化」的心志更具體見於一九五八年的《過客》，自我關閉的王逸心以選擇性的「失語」保存他的上海性，一種不見容於當世的孤高，既使他與現實格格不入，卻是他保存自我不失的唯一途徑。[10]

徐訏寫於一九五三年的〈原野的理想〉一詩，寫青年時代對理想的追尋，以及五十年代從上

[10] 參陳智德《解體我城：香港文學1950-2005》，香港：花千樹出版有限公司，二〇〇九。

海「流落」到香港後的理想幻滅之感：

多年來我各處漂泊，
唯願把血汗化為愛情，
遍灑在貧瘠的大地，
孕育出燦爛的生命。

但如今我流落在污穢的鬧市，
陽光裡飛揚著灰塵，
垃圾混合著純潔的泥土，
花不再鮮豔，草不再青。

海水裡漂浮著死屍，
山谷中蕩漾著酒肉的臭腥，
潺潺的溪流都是怨艾，
多少的鳥語也不帶歡欣。

茶座上是庸俗的笑語，

市上傳聞著漲落的黃金，
戲院裡都是低級的影片，
街頭擁擠著廉價的愛情。

此地已無原野的理想，
醉城裡我為何獨醒，
三更後萬家的燈火已滅，
何人在留意月兒的光明。

「原野的理想」代表過去在內地的文化價值，在作者如今流落的「污穢的鬧市」中完全落空，面對的不單是現實上的困局，更是觀念上的困局。這首詩不單純是一種個人抒情，更哀悼一代人的理想失落，筆調沉重。〈原野的理想〉一詩寫於一九五三年，其時徐訏從上海到香港三年，由於上海和香港的文化差距，使他無法適應，但正如同時代大量從內地到香港的人一樣，他從暫居而最終定居香港，終生未再踏足家鄉。

四

司馬長風在《中國新文學史》中指徐訏的詩「與新月派極為接近」，並以此而得到司馬長風的正面評價，[11]徐訏早年的詩歌，包括結集為《四十詩綜》的五部詩集，形式大多是四句一節，隔句押韻，一九五八年出版的《時間的去處》，收錄他移居香港後的詩作，形式上變化不大，仍然大多是四句一節，隔句押韻，大概延續新月派的格律化形式，使徐訏能與消逝的歲月多一分聯繫，該形式與他所懷念的故鄉，同樣作為記憶的一部份，而不忍割捨。

在形式以外，《時間的去處》更可觀的，是詩集中〈原野的理想〉、〈記憶裡的過去〉、〈時間的去處〉等詩流露對香港的厭倦、對理想的幻滅、對時局的憤怒，很能代表五十年代一輩南來者的心境，當中的關鍵在於徐訏寫出時空錯置的矛盾。對現實疏離，形同放棄，皆因被投放於錯誤的時空，卻造就出《時間的去處》這樣近乎形而上地談論著厭倦和幻滅的詩集。

六七十年代以後，徐訏的詩歌形式部份仍舊，卻有更多轉用自由詩的形式，不再四句一節，隔句押韻，這是否表示他從懷鄉的情結走出？相比他早年作品，徐訏六七十年代以後的詩作更精細地表現哲思，如《原野的理想》中的〈久坐〉、〈等待〉和〈觀望中的迷失〉、〈變幻中的蛻變〉等詩，嘗試思考超越的課題，亦由此引向詩歌本身所造就的超越。另一種哲思，則思考社會和時局的幻變，《原野的理想》中的〈小島〉、〈擁擠著的群像〉以及一九七九年以「任子楚」

[11] 司馬長風《中國新文學史（下卷）》，香港：昭明出版社，一九七八。

為筆名發表的〈無題的問句〉，時而抽離、時而質問，以至向自我的內在挖掘，尋求回應外在世界的方向，尋求時代的真象，因清醒而絕望，卻不放棄掙扎，最終引向的也是詩歌本身所造就的超越。

最後，我想再次引用徐訏在《現代中國文學過眼錄》中的一段：「新個性主義文藝必須在文藝絕對自由中提倡，要作家看重自己的工作，對自己的人格尊嚴有覺醒而不願為任何力量做奴隸的意識中生長。」[12]時代的轉折教徐訏身不由己地流離，歷經苦思、掙扎和持續的創作，最終以倡導獨立自主和覺醒的呼聲，回應也抗衡時代主潮對作家的矮化和宰制，可說從時代的轉折中尋回自主的位置，其所達致的超越，與〈變幻中的蛻變〉、〈小島〉、〈無題的問句〉等詩歌的高度同等。

＊陳智德：筆名陳滅，一九六九年香港出生，台灣東海大學中文系畢業，香港嶺南大學哲學碩士及博士，現任香港教育學院文學及文化學系助理教授，著有《解體我城：香港文學1950-2005》、《地文誌——追憶香港地方與文學》、《抗世詩話》以及詩集《市場，去死吧》、《低保真》等。

[12] 徐訏〈新個性主義文藝與大眾文藝〉，收錄於《現代中國文學過眼錄》，台北：時報文化，一九九一。

目次

已逝的青春

莫留戀那浮腫的雲，
那顫抖的風，同那不眠的星星，
那裡已沒有美，沒有夢，
沒有那千古不變的愛情。

念巍峨的山嶺廣闊的平原，
過去都留過我輕快的腳印，
如今僅在擁擠的市場中，
茶座飯館裡有我疲倦的人影。

且重新撫摸人間的創傷，
蹉跎了的約，辜負了的青春，

還有那已逝的時間中，
我幻想過的幸福與無成的雄心。

莫說奢侈的綠葉浪費的紅花，
都掛著你熟識的淺笑短顰，
我獨知那是新奇的脂粉，
紅絲綠綃偽裝那已逝的春景。

一九五一，一〇，二四。香港。

一切的存在

天上的雲，
樹上的葉，
此時的
都不是彼時的。

昨日的花，
今日的果，
開花的
也就是結果的。

去年的你，
昨宵的你，

已逝的
都不是你自己的。

天黑了，
總該回去，
太陽還是
從黑暗裡生長的。

莫戀現在，
莫望將來，
所有的現在，
都屬於過去的。

逝者如斯，
來者若彼，
一切的存在
不過是此時此地的。

一九五一，一〇，二四，夜。香港。

寧靜的落寞

看白帆紅檣，
高低的煙囪
在海浪中
忽升忽落。

滿山的燈光
在人間炫耀，
似與星月
爭勝負強弱。

念前帝後皇
長騙短驅，

浪費了
多少健兒血肉。

新雷舊火，
日新月異的武器，
震撼了
大海南北。

神號鬼泣，
千年的歷史，
人間的愛與恨
潮起潮伏。

猶未變，
星斗循環，
灰雲紫雲中
還彼寧靜落寞。

一九五一，一一，五。香港。

淚痕

履破南北東西，
衣敝春夏秋冬，
人歸寂寞燈火，
鳥倦夕陽黃昏。

念擁擠的街頭，
到處是非紛爭，
滄海荒漠的世界，
亦未停干戈兵戎。

前瞻高山崇嶺，
後顧野雲漁村，

十里的人寰煙塵，
竟無我可進的家門。

此去是白浪滔天，
帆影下另有人生。
莫重檢舊日枕衣，
枕衣上是層層淚痕。

一九五一，一一，六。香港。

夜醒

遠海掀浪如號，
秋風摧葉欲碎，
孤衾下旅人，
已無能再睡。

長更寒意侵人，
小窗雨點如淚，
朦朧的夜色裡，
竟無人賦歸。

念來人如花，
去人如水，

幢幢的燈影，
似靈似鬼。

已倦的無線電
似訴似悔；
歌詞依舊，
問唱者是誰？

紅過杜鵑，
白了玫瑰，
寒霜清霧中，
顫抖著蘆葦。

夕陽黃昏中，
我也有愛如蜜。
青春！逝去的青春裡，
我應悔未曾痛醉。

一九五一，一一，六。香港。

舊日的青春

路溝邊有悽悽的蟲聲，
殘枝中有黯淡的星星，
躑躅在已睡的都市，
樓頭是已殘的燈影。

過去廣闊的原野裡，
我曾在鞭影中馳騁；
華燈瓊杯笑聲中，
我也有歌聲凌雲。

如今在這死寂的夜裡，
拾寥落的秋情，

我驚於夜半的雞啼
與清晨的鳥鳴。

如許熙攘的日子，
我都未記取我的年齡，
而一夕恍惚的殘夢，
我始悟我已無舊日的青春。

一九五一，一一，一七。香港。

記憶裡的過去

埋在我記憶裡的過去，
常受我想像的灌溉，
它有新鮮的色澤與內容
以及那永恆的存在。

那裡老幼的人物
有不變的年齡，
情侶有永生的愛，
山水有不移的風景。

然而這只是過去！
倘它可化作我的將來，

那我就有燦爛的希望
可在無依的現在期待。

期待綠的重綠，紅的重紅，
期待黑暗的重新光明，
期待已失的美，復回的愛，
期待我再生的青春。

於是我疏忽的可重新謹慎，
我辜負的可重新珍貴，
還有我過去的愚笨與自信，
我可以重新補贖懺悔。

然而這也只是想像，
它使我過去更形嬌美、
高貴，使我在我暗淡的現在，
看到了將來的陰森憔悴。

一九五一，一一，二〇。香港。

海濱

白帆緩緩地逝去，
藍雲冉冉地駛過，
白天裡我守著太陽，
到夜來我守著星斗。

如許日子的消逝，
誰說我沒有過錯，
晴天裡我穿著雨衣，
太陽下我點著燈火。

老去的海鳥逝去，
雛鳥兒又在婆娑，

無數的富貴流落，
多少的卒子過河。

念故園的蠶兒成繭，
桑林裡都是紫果。
一層波浪一層沙，
大小的足印都未曾留過。

海灘上泳棚撤沒，
清朗的秋天還有幾何？
新來的曲線決非舊人，
莫再在空虛的海濱蹉跎。

一九五一，一一，二七。香港。

莫問

樹上殘葉未落，
草間冬蟲都睡，
梁間舊禽已去，
泥巢新燕未歸。

故土細雨初乾，
微雲西風輕吹，
窗前寒月如畫，
室內旅人難寐。

人老夕陽黃昏，
家棄小橋流水，

美人羞見白髮，
英雄難堪病累。

此去崇山峻嶺，
多少新鬼舊鬼，
記取逝者如斯，
莫問來人是誰。

一九五一，一一，二七。香港。

宮牆

過去燦爛的春秋佳日，
我未聞有什麼新奇花香，
如今蕭索悽切的秋風裡，
難道還有我未見的光亮？

望沉重如鉛的天空，
灰雲中有白鷗翔翔；
在擁擠熙攘的都市，
陋巷貧窟裡永無太陽。

鴿籠裡蟹居著孔雀，
污溝裡游蕩著鴛鴦，

蒼蠅蚊蚋撥弄著是非，
飛蛾閑蝶漫評著短長。

我心如止水，獨坐林深處
聽媚妖爭豔，群鬼鬥嬌，
千篇一律的笑聲中，
我未見有什麼新花樣。

念關山東西大海南北，
馳驅著銀蛇蠟象；
天國已遠！人山人海
封鎖著層層的宮牆。

一九五一，一一，三〇，上午。香港。

遠行

望他的、愛他的、想他的，
今夜請開始把他忘去。
他已經憑一葉輕帆，
在萬頃波濤中馳驅。

憎他的、忌他的、恨他的，
今夜也請開始把他忘去。
他已經駕一翼輕翅，
在層層的雲霧中飛去。

他像謝落了的花瓣，
在泥濘中嘆息，

多少過路的舊知故友，
踐在他身上也無從認識。

他像斷翅的飛鳥，
在樹梢上顫慄；
飛翔的蚊蚋與蒼蠅，
竟誤認他是枯枝殘葉。

酒店中有老去的名將，
路角邊有遲暮的美人，
如今已無人注意，無人探候，
無人為他們刊登消息。

橋頭街尾，流落著
當日的富豪官貴，
望來車去馬，也無人
向他們寒暄點首輕揖。

那麼，望他的、愛他的、想他的，
如今也不用再為他惋惜。
在萬頃波濤中，
他從此不會再有消息。

憎他的、忌他的、恨他的，
也無需再對他尋覓，
在層層雲霧中，
將不會再留有他的蹤跡。

一九五二，一，一〇。新加坡。

鬢影

我像是山谷的細流，
喘息於萬丈的峻嶺險壁，
奔蕩到長江大河，
驚奇於大海的無垠。

我像是疲倦的鳥兒，
飛進了深廣的森林，
驚奇於露光葉色
與原始芬芳的安寧。

從此世界再沒有色澤
與畫幅可以代替我光明，

也沒有音樂與歌唱
可以代替我天籟的恬靜。

想萬萬年前的宇宙裡，
你原是星雲我是星，
因我隨光流落到塵世，
注定了我流浪的命運。

如今我融化在你笑容中，
像細流融化於大海的無垠，
我安息在你的脈搏中，
像小鳥安息於平靜的森林。

那麼，請莫嫌我身上的
血汗，衣上的灰塵，
因為我經過了長期奔波摸索
才尋到你雲端的鬢影。

一九五二，一，一一。新加坡。

原諒

原諒我不安，
原諒我驚慌，
這因為我經過
長期奔波流浪。

原諒我呆聽，
原諒我癡望，
這因為我從未
看到過陽光。

原諒我心跳。
原諒我倉皇，

這因為我心頭
負擔著創傷。

原諒我面紅，
原諒我恐惶，
這因為我曾在
塵世中荒唐。

原諒我苦盼，
原諒我悵望，
這因為是一個夢想
才幻成了天堂。

一九五二，一一，一。新加坡。

燦爛的生命

南國的臘月正如初夏，
如火的太陽半垂天庭，
鮮豔的紅花長掛樹梢，
綠葉間浮蕩著鳥鳴。

念此時北地正寒，
大江外風雪淒緊，
殘枝上凍月欲墜，
原野中萬物皆冰。

在沒有冬天的世界
不會有春光的麗明，

沒有痛苦的磨折
也將不見愛情。

如今我整日企盼，
任何的熱鬧難成歡欣，
太陽已失去燦爛，
鳥鳴也變成呻吟。

紅花綠葉的晨妝，
錦燈輕樂的夜景，
都蒙上暗淡的灰霧，
未溫我寥落的心靈。

說這樣寂寞的日子，
正是嚴冬的暗淡淒清，
那麼你該是我的春天，
會帶給我燦爛的生命。

一九五二，一，一四。新加坡。

伴

長天層雲疊霧，
大海深波淺浪，
史載英雄豪傑，
未盡百年猖狂。

事忘十年顛簸，
人倦萬里奔忙，
數星斗數萬，
竟無一點輝煌。

故友音訊久疏，
舊情生死漸忘，

說人間變幻莫測，
天星運行也無常。

讓命運擺布一切，
隨機緣到處流浪，
對天地無愧於心，
伴暮色沒入穹蒼。

一九五二，一，一五。新加坡

長記

長記青春時節，
誤信書本長謊。
念人間可為，
為真善奔忙。

如今冉冉老去，
始悟過去荒唐，
憶名酒萬種，
悔無緣細嘗。

風雨舊居，
明月窺窗，

回首三十年，
人海滄桑。

孤魂倦遊，
天涯流浪，
人醒長夜，
殘燈悽照旅床。

故園新棗初熟，
異域青瓜已黃，
長記舊地歌聲，
竟無一曲在唱。

此居長年炎夏，
但求月光如霜，
願有畫人顏色，
塗改碧野焦黃。

一九五二，一一，一五。新加坡。

夜祈

主，請莫再讓我靈魂
在幽暗空漠中流浪，
它已經受盡了顛簸、
磨折、痛苦、創傷。

像在無底的山谷中下墜，
四周漆黑，陰風森森，
身無著，目無見，耳無聞，
生活在空虛中飄蕩。

我聽憑無限的天譴，
心流著血，眼掛著淚，

在悠長歲月中，我痛悔
那一切浮誇愚蠢的荒唐。

請恕我過去，給我未來；
賜我洪亮的聲與燦爛的光，
讓我跪在你慈悲的腳下，
再醒我卑微的希望。

我願耳能聞，眼能望，
我身軀能不再下墜飄蕩；
我有限的卑微生命
能永久依附那再亮的光芒。

一九五二，一，一九。新加坡。

題

不要再希望將來，
將來難比現在更好。
讓我告訴你：
鮮花易枯，
烈火易耗；
智者憂，
能者勞；
善射者死於箭，
善殺者死於刀；
善歌的夜鶯常啼血，
千里馬終亡於奔跑。
還有美景不再，
良辰難造，

聰敏的孩子都消瘦，
美麗的姑娘，
個個容易老！

一九五二，一，一九改舊作。新加坡。

記取

顛簸的生活
從高廈到陋巷，
疲憊的足跡
從都市到村莊。

流落了的愛
在悔祈中起伏，
破碎了的夢
在痛苦中流浪。

殘存的記憶
是無數的創傷，

一笑一淚
遺終身難忘。

看萬燈齊明，
爆竹響徹街坊，
處處輕歌妙舞，
人人豔服新裝。

佳節如此；
我情歸天涯，
夢飛舊約，
竟無人知道，
我也有歌要唱。

念此去山高水長；
碧綠鵝黃間，
再無從期望
故雁舊魚來往。

獨立樓頭，
望椰林高聳，
風掠殘更，
雲散四方。

傷情該是：
爆竹聲靜，
路燈半滅，
鄰窗抹去了
簾內的昏黃。

但仍需記取——
星痕初隱，
晨霧漸濃，
東方透露了
魚肚的白光。

一九五二，一，二七。新加坡。

南國的風光

模糊的夢境無法細憶，
顛沛的生命不堪再想，
逝去的青春滿是創傷，
痛悔自責都難填舊帳。

過去長江灘畔的密約，
我曾辜負黃桷樹下的月亮；
如今海南海北的嘆息，
也未珍貴椰林間的太陽。

江南的青菱紅後，
蓮葉下都是鴛鴦；

如今泥潭雜草間，
唯孤零的野鶴蕩漾。

莫說風風雨雨的日子，
都是我回憶中的悽涼，
就是異國少女的歌聲，
也帶著我舊日的惆悵。

車水馬龍間萬頭如鯽，
人人都關心橡價升降！
南國的風光不過如此，
美醜善惡憑金錢衡量。

一九五二，二，一。新加坡。

春光

我在落葉紛紛的秋季，
就告訴你還有春天，
到了雨雪霏霏的冬令，
我又說春天就在面前。

等到春光春色已濃，
你又重新問我春天，
我說萬花開在你的袖底，
而你竟不知道那是春天。

你在枯枝上等候新綠，
因此辜負了萬花開遍；

而你偏說春天辜負你甜夢，
春天還辜負你的癡戀。

已去的春天雖不會再返，
今年過去了可還有明年，
但等你耗盡了太多春天，
春天對你就沒有纏綿。

雲下的顏色千萬種，
哪一種不代表春天？
你為何在暗淡的林中期待，
望看無情的枯枝失眠。

一九五二，二，三。新加坡。

浮霞

你從北國南來，
說你為尋舊愛，
於是你走遍山野，
又走遍了堤岸。

山野綠葉如雲，
你連頭也不抬，
堤岸花草如錦，
你也不加理睬。

你不理紅花紫卉，
也不理綠葉青菜，

那麼可是尋池面浮萍，
或者是尋石上青苔？

你說這些你都不要，
你要採海中浮霞，
說它是你舊人面頰，
還代表你舊人風采。

我說過去來客萬千，
都曾為此入海，
如今野鶩閑鷗，
也都為此飛來。

不要說四周青山，
都在為它期待，
就是夜來新月，
也為它在天邊徘徊。

你說那麼趁此黃昏，
你要伴它投海，
未能採此浮霞，
無意在世上存在。

一九五二，二，四。新加坡。

日暮黃昏

生命過半矣，
婀娜輕柳
已綠葉蓬鬆。
望關山阻隔，
心牽情惓，
海底留長夢。
倦睡乍醒，
小病初癒
始悟色即是空。

長夜短晝，
光陰流水間
哀無言相送。

同是淪落客，
一笑成知己
莫嫌萍水相逢。

苦酒飲盡，
閑興初消，
懶問此後行蹤。

長夏炎炎，
晴雨瞬息萬變，
輕雲難留東風。

此心如止水，
無落花下墜，
再無緣波動。

登高遠矚，
椰林蕉葉間
到處青塚。
傷情至此，
更哪堪日暮黃昏
孤禽掠長空。

一九五二，二，一一。新加坡。

感覺的模糊

你說過去我燦爛的生命只充你寂寞生活的點綴，
如今我癡傻的愛情也難填補你光明的前途，
在糊塗的日子中你千遍萬遍告訴我酒不醉人人自醉，
到豁然開朗的時辰我還不信冬不枯樹樹自枯。

要說長長的歲月裡我辜負了的青春都可以復回，
那麼我一定要同你說我悠悠的相思並不痛苦，
即使是一隻你豢養的小鳥離開你你也要流淚，
那何況你我在艱難的時代顛簸的日子中曾經共度。

諸凡一切情人所應該懺悔的我都已深深地懺悔，
諸凡一切情人所應該傾訴的我也已從頭一一傾訴，

你難道要我把落了的花瓣重新做成蓐上的蓓蕾，
勉強來掩飾那寒冷的北國漫漫秋冬風雪的飛舞。

風風雨雨顛簸曲折的際遇難計逝去青春裡的嬌美，
在快活熱鬧生活中如何耗去悠長的時日你也無從清楚，
那陽光的如蜜春風的如酒不過是你自己青春的光輝，
那麼桃紅柳綠給你不同氣氛就該相信是你感覺的模糊。

一九五二，五，二一。九龍。

羡慕

高山羨慕大海，大海羨慕高山，
烏鴉羨慕喜鵲，喜鵲羨慕烏鴉，
還有多少大魚在羨慕小魚，
多少小魚在羨慕溝裡的蛤蟆？

太陽羨慕月亮，月亮羨慕太陽，
萬千的星斗彼此羨慕著光亮，
擁擠的街上，熙攘的人群裡，
我羨慕著你短，你也羨慕著我長。

假如沒有鏡子我不會看到自己，
沒有那豔花嬌葉我也不會記得春天，

沒有愛情我無從知道青春的美麗，
沒有生命我也永不會認識空間與時間。

說什麼二加二是四，東就是東西就是西，
數有正負，物有陰陽，真理都滲著私見；
沒有你給我纏綿我會無從知道生的意義，
這因為理智在為我掩飾，情感在對我欺騙。

一九五二，五，二四。香港。

糊塗

你說此去說話要當心，
走路要放輕腳步，
對陌生的朋友要客氣，
對熟稔的故知要招呼。

還有見財不要貪心，
飲酒不要過度，
宴會上領結要常新，
旅行時衣服不要弄污。

得意時不要高興，
失意時不要發怒，

有病最好多睡眠，
寂寞不如常讀書。

此外開會時要少發言，
談話時不要他顧，
甜語的後面常有利刃，
愛情的結局都是痛苦。

不要說莫輕信女人，
嘴唇邊常有毒蠱，
市上多廉價的笑容，
哪一個不依樣畫葫蘆？

這些我樣樣都記得。
但是我有一點糊塗，
在這夏去秋來的深更，
我是否該偷看星星夜渡？

一九五二，一〇，二八。九龍。

關心

在平靜的河流中有多少來鴨去鵞曾對我挑剔，
在安詳的樹林裡有多少春鳥秋蟲曾對我批評，
不要說狂蜂浪蝶掠過我窗前要指摘我的話語，
就是街首巷尾的路側也有狗在狂吠我的人影。

在顛沛的生活中我早已走遍了南北大城小鎮，
那裡茅舍泥房依舊漆黑，高樓大廈依舊通明，
骯髒的陋巷裡，衣衫襤褸的窮人仍舊在抖索，
寬大的馬路上，無數豪華的汽車仍舊在馳騁。

我也曾在偏僻冷落貧貧富富的水鄉山村流浪，
目睹廣大的碧綠原野焦黃，到處是荒塚枯井，

起伏山坡上散著殘骸，斷續流水裡浮著死屍，
有誰會相信那裡面沒有你的熟友故知與舊親。

莫說村落中已再無完屋，百里內也難見炊煙，
叢林綠葉裡，也無從聽到熟識的鶯啼與雀鳴，
悠長的夜晚緊封著舊昔親切溫暖的犬吠雞啼，
陰暗的山谷中，發光的是明滅的燐火與流螢。

說什麼冷落的小院青草茸茸沒有美麗的花開，
秋風中雨打日曬破爛的窗櫺與門戶也難關緊，
偶有失群的孤雁在陰灰的雲層裡沉默地掠過，
藍色的天空漏露的也只是冷淡的無情的星星。

那麼在旅途中的我難道會關心你對我的毀謗，
那無憑的謠言歪曲的故事我也不會對你輕信，
多少賣友求榮含血噴人的事情我已一一見過，
何況你是顧影爭寵對鏡自憐賣弄垂老的風情。

一九五二，一〇，二八。九龍。

幻寄

小城外有青山如畫，
青山前有綠水如鏡，
還有夏晚明亮的天空，
都是我熟識的星星。

大路的右面是小亭，
小亭西有木橋槐蔭，
木橋邊是我垂釣的所在，
槐蔭下有我童年的腳印。

橋下第三家是我的故居，
破籬邊青草叢中有古井，

傳說有大眼長髮的少女，
為一個牧童在那裡殉情。

井後面有青竹萬株，
竹林上有善歌的黃鶯，
我多少的小曲都由他學來，
如今是否仍掛在他的嘴唇？

林盡處有閑花千種，
那紅花綠葉都是我的青春，
應記取其中最大的木樨，
樹幹上還刻著我的小名。

最後請就站在那裡遠望，
看馬鞍山上是否有微雲，
它一直懶惰地睡在那面，
到如今不知有否清醒？

一九五二，一〇，二八。九龍。

醞釀

我看見明朗的天空吸收各色的雲彩，
但也信漆黑的穹蒼孕藏神奇的星光，
我知道荒漠的原野是廣大的墳墓，
但也信無數的生命在泥土裡醞釀。

因此我不懷疑這連綿的雨終有一天會停，
這暗淡的路途終有一天會有和暖的陽光；
我不懷疑這動蕩的海洋終有一天會平靜，
任何猖獗的生命終有一天會死亡。

在黑雲密布無星無月的夜裡，
你再三叮嚀我應當及時關窗，

但是我願癡坐在暗淡的天空下，
諦聽那無情的雷聲來往。

在這樣平靜的生活裡我已愛遐想，
那些安詳的日子竟已注定我要流浪，
這渾圓的地球原是我的故居，
陽光是我的爐火，大地是我的眠床。

多少黃金的青春我棄在山側，
多少鑽石的愛情我抛在路旁，
那麼難道我還會憐惜那庸俗的笑，
霉爛的果子與破舊的衣裳？

過去在虛偽的社會裡我學會掩飾，
多少被壓的情感在夢魂中癲狂；
如今我心中有什麼話將盡量地說，
我心中有什麼歌將痛快地唱。

一九五二，一一，一四。九龍。

燦爛的際遇

我告訴你晨曦會吸盡雲霞，
夜晚會吞沒夕陽的光輝，
但你說人生的路途正長，
前程中難道會少愛與美。

但等你歷盡了滄桑，
天空上只有一片暗灰，
溪上再無繽紛的雲彩，
林間也已無夕陽的光輝。

於是我看你疲倦地歸來，
額上流著汗，眼角掛著淚，

我問你如許的日子何在，
燦爛的生命由何憔悴？

你說天生的路途雖長，
燦爛的際遇只有一回，
因為辜負了繽紛的雲霞，
也無緣見到夕陽的光輝。

一九五二，一二，一。九龍。

歲月的哀怨

悠悠的白雲載來了歲月的哀怨，
耿耿的長夜未掩去人間的煩惱，
多少窗外的花朵都在自開自謝，
蕭蕭的庭院，落葉也無人理掃。

一切喧嘩的宴會我一一謝絕，
無數熱鬧的應酬我也前後避逃，
短促的人生我過著數不盡的日子，
對渺茫的前途我也無心祈禱。

問錦舟華車的來去誰遲誰快，
輕歌曼舞的角逐誰晚誰早，

這些浮華的生命我從未關心，
唯我疲倦的心在崎嶇的夢境裡顛倒。

所有我住過的地方你都未去過，
一切你去過的地方我都已先到，
你告訴我的新奇的故事我已經閱歷，
我經過的複雜的人生你從未知道。

那麼莫信風雨不會搖落你院前的菩提，
溫和的陽光不會焦枯你園裡的青草，
自然安排了一切鮮豔都要褪色，
一切花要謝，一切青春都要衰老。

一九五二，一二，二〇。九龍。

故居

在燕子飛去前燕子飛來後我無時不勸你遠行，
等蓮花開了蓮花謝了我還是叫你莫留戀故居，
長長的路途彎彎的河流哪裡沒有大城小城，
哪一個大城哪一個小城裡沒有你舊雲舊雨。

但是你偏要守你荒蕪的庭院，
說庭前有你熟識的鶯歌燕語，
而今梁間的燕巢裡躲著蝙蝠，
翠綠的樹梢也被凶殘的烏鴉占據。

不要說多少的高牆低垣都已圮坍，
殘磚破瓦阻塞了你門外的街衢，

青蠅蒼蚊在腥濁的空氣中飛翔，
蛇蠍死鼠填塞了奇臭的溝渠。

但是你還信附近總還有親友，
他們也會苦守自己的舊居；
可是泥屋茅舍的爐竈久冷，
山邊的豺狼咬著飢餓的男女。

你說那麼郊外總有厚誼的花草，
會忍耐奢侈的風與浪費的雨，
可是花草早成飛鳥的糧食，
毒蛇窺伺著餓禽的來去。

在鷗鴞飛去前鷗鴞飛來後我還是勸你遠行，
等寒梅開了寒梅謝了我還叫你莫留戀故居；
但是你說要期待烏鴉唱出美麗的曲調，
還要癡等豺狼的夜嘯變成高貴的詩句。

一九五二，一二，二〇，夜。九龍。

佳節

此地的佳節已非舊地的情調，
街頭照耀的是商品的燈光，
但別人的歡樂該是自己的慰藉，
客身在今朝應有忘我的瘋狂。

不要為痛苦的過去不安，
不要為可怕的未來憂傷，
只要你未失去高貴的良心，
就不必擔憂你會無歌可唱。

一切的宗教都是人的歸宿，
任何的節日你都可慶賞，

請莫問彼此的信仰與傳統，
將來終在有愛的遠方。

人間正多可耕的田地，
無須仰慕渺茫的天堂，
但科學未解決人間的憂患，
為何要指摘美麗神話的虛妄。

一九五二，一二，二一。香港。

原野的理想

多年來我各處飄泊，
唯願把血汗化為愛情，
遍灑在貧瘠的大地，
孕育出燦爛的生命。

但如今我流落在污穢的鬧市，
陽光裡飛揚著灰塵，
垃圾混合著純潔的泥土，
花不再鮮豔，草不再青。

海水裡漂浮著死屍，
山谷中蕩漾著酒肉的臭腥，

潺潺的溪流都是怨艾，
多少的鳥語也不帶歡欣。

茶座上是庸俗的笑語，
市上傳聞著漲落的黃金，
戲院裡都是低級的影片，
街頭擁擠著廉價的愛情。

此地已無原野的理想，
醉城裡我為何獨醒，
三更後萬家的燈火已滅，
何人在留意月兒的光明。

一九五三，四，一三，晨一時。九龍。

中年的心境

過去我在茫茫的平地奔跑，
曾立志要登積雪的山頂，
如今在濃霧濁雲的山峰上，
疲倦空虛包圍我唯一的人影。

回望山腰的殘雪上面，
多少人在踏著我的腳印，
驕傲而自得地回顧大地，
像已經步入了燦爛的青雲。

而我前面山坡下的樹林
裡面浮蕩著淡淡的人影，

他們不斷地回顧山峰，
勉強地走著崎嶇的路徑。

我頓悟到我已在最高峰上，
望見了來處，也看到了前程，
我發現多少路我曾經走錯，
還浪費過多少時間與多少生命。

我見到我無知的驕傲與狂妄，
我輕率與任性的感情，
我怎麼樣相信自己的意志，
而沒有看重人間的命運。

我還為功利的追逐，
疏忽了真正的愛情；
妄信他人歪曲的理論，
虛擲了寶貴的光陰。

但我已無法重蹈舊路，
錯誤與悲劇不會在懺悔中重新；
在疲倦空虛的雲霧中，
我細味到我初入中年的心境。

一九五三，四，一二，夜。香港。

安詳地睡

如今我只希望可以安詳地睡，
因為夢深處有我的故鄉，
那裡草子花點點如星，
牡丹花朵朵像月亮。

還有那裡的喜鵲專報平安，
燕子的愛情縈繞著舊梁，
岸堤上都有柳絲的纏綿，
常春藤留戀著半圮的紅牆。

說一切的聲色夢外都有，
但異國的泥土沒有清香，

鳥聲都是失侶的呻吟，
流水也是無望的惆悵。

如今我只希望可以安詳地睡，
因為長夢裡有我自由的想像，
上半夜我在我母親的懷中，
下半夜我會見愛我的姑娘。

一九五三，四，一〇，晨一時。九龍。

老樹

我像百年前的老樹，
孤獨地站在凌雲的峰頂，
蒼老的枝椏綠葉無幾，
斑駁的樹皮已經凋盡。

念過去燦爛的時日，
也寄存我可貴的青春，
多少的鳥兒圍我歌唱，
無數的人們貪戀我影蔭。

春天裡我萬花齊開，
蜂蝶播育著自然的愛情，

秋天裡我累累的果實，
每顆都是寶貴的生命。

如今摘花的野禽已遠去，
採果的猿猴也已散盡，
問何人還記得我的時日，
唯天邊有未變的紫星。

一九五三，四，一三，晨二時。九龍。

平靜的夜晚

我在寂寞的山頂徘徊，
林中浮著悽涼的月光，
近處青草上有露珠閃爍，
遠處的海上有漁火飄蕩。

萬里的海洋何異於一滴露珠，
一撮泥沙亦無殊於千仞山岡；
在無限的時間空間中，
一切的分別只是人類的愚妄。

那麼讓夜晚平靜地過吧，
請南風莫擾杜鵑盛放，

還有野芙蓉正在抽芽，
禁不起寒流裡春霧變霜。

如有多情的戀人走過，
也請莫將古舊的戀歌低唱，
因為這會驚動初開的野花，
它正在偷窺新識的星光。

一九五三，四，一四，晨三時。九龍。

賦歸

那綠色的已枯，
那紅色的已萎，
還有那鮮豔的鵝黃，
已染上了可憎的污穢。

那嬌嫩的已老，
那壯健的已頹，
那興高采烈的，
也已經冉冉憔悴。

過去燦爛陽光下，
園中有鴿蝶齊飛，

如今綿綿淫雨中，
蛇衣與鼠屍發霉。

望晚霞駛過青青的山，
白帆劃過綠綠的水，
念衰老的征人，
何日可以賦歸？

莫問荒蕪的家鄉
期待你的有誰，
應記取倒斜的籬前，
雨中的野藤竟日在垂淚。

一九五三，四，一五，夜。九龍。

無情的鳥叫

早晨七點鐘陽光滿窗，
窗外響著無情的鳥叫，
說昨宵滿院桃花盛開，
都在我睡夢中匆匆謝掉。

那麼你竟沒有來過，
辜負了燦爛的良宵。
難道你帶著我的小曲，
在訪問那破舊的故廟？

你該知那廟牆早已圮坍，
神像的金衣也已褪銷，

裊裊的香煙絕滅已久，
神話也早無可愛的玄妙。

而我則虔誠地在期待，
期待你來唱美麗的曲調，
因為桃花為聽你的歌聲，
它不會一夜中匆匆謝掉。

一九五三，五，二二。九龍。

時間的去處

愉快並不在熱鬧中產生，
憂愁則在靜寂中襲來，
空虛常伴著寂寞，
孤獨總率連著悲哀。

癡尋時間的去處，
紅的已褪盡綠的已衰，
記憶裡是顛簸的過去，
想像中也無安詳的未來。

長記平靜的世界中，
年年的春天都望花開，

如今滿樹的深紫濃黃，
也無人有誠意來採。

此處已無真誠的笑容，
熱鬧的都市荒涼如海；
餓狗與飢鷹爭食，
野狼與狡狐奪愛。

念多少的血流染紅土地，
歷史是弱肉強食的記載，
且待風暴掀起狂濤，
看哪一顆燈光還可以存在？

一九五三，五，二二。香港。

夜曲

假如你能睡，
就請安詳地睡吧，
因為你狂囈中帶著呵欠，
笑容裡流著淚水。

地上都是紛亂的煙尾，
桌上只有零落的殘杯，
青黃的鮮果已成殘骸，
紅綠的瓶花也已枯萎。

信口雌黃的已靜，
脂紅粉白的已褪，

狂歌低吟的在嘆息，
輕笑閑談的已泥醉。

清濁的車聲已遠，
興高采烈的一一待歸，
若說窗外熟識的星星，
濃霧烏雲裡也沒有光輝。

假如你能睡，
就請安靜地睡吧！
這裡已沒有什麼可以期待，
莫問深更裡敲窗的有誰？

一九五三，五，二三。香港。

悠悠的寂寞

雖在明媚的春光中，
我還是一株無葉的喬木，
四周燦爛的千紅萬紫，
未點破我悠悠的寂寞。

遙望廣闊的河山，
曾寄我連年漂泊，
如今任憑日升月沉，
我也未願改變我的孤獨。

念風雹雷電的時日，
我都保守我的緘默，

在旌旗蔽天的歡呼中，
我也仍在斗室中寥落。

那麼莫說在炎熱的太陽下，
我皮膚未被曬成焦黑，
就是在傾盆大雨的街頭，
我也未曾沾溼我的衣服。

一九五七，九，一九，晨一時。香港。

雨

如訴的雨，
如泣的雨；
門前的雨，
窗下的雨；
雨深鎖著
我寂寞的故居。

如絲的雨，
如麻的雨；
閃光的雨，
發亮的雨；
雨飄搖著
我辜負了的過去。

如憶的雨，
如夢的雨；
小巷的雨，
大街的雨；
雨想像過
我多少舊侶。

如珠的雨，
如晶的雨；
池中的雨，
湖上的雨；
雨安排過
我不解的際遇。

如訴的雨，
如泣的雨；
樓頭的雨，

院中的雨；
雨中有鄉愁
混合著憂慮。

如霧的雨，
如煙如雨；
清晨的雨，
深夜的雨；
雨打斷過
我多少夢中囈語。

如愁的雨，
如悔的雨；
山前的雨，
海上的雨；
雨灌溉著
我哀怨的詩句。

一九五三，六，二六。九龍。

催行

飛吧，當你已經長齊了羽翼。
且伴晚霞飛向寬闊的天庭，
探視那雲裡無數的星光。
且隨海鳥飛向無人的島巖，
靜聽勇敢的海浪不倦地歌唱。

飛吧，挺翅奮翼地飛吧。

即使到槐楊松柏的樹梢，
也比你窗口較可以看到遠方。
就是在屋脊牆垣的尖頂，
你也有機會多吸取陽光。

飛吧，在你年輕力壯的時節。
莫貪看那脂流粉揚
錦繡掩蓋著血汗的櫥窗。
也莫再留戀那魚腥肉臭
叫囂擁擠熱鬧的街巷。

飛吧，請莫再留戀溫暖的籠柵。

那裡笑聲裡波動著肉欲，
那裡呻吟中陰含著淫蕩；
曾有多少歡笑虛擲過青春，
還有多少嘆息埋葬了希望。

一九五三，九，一〇。九龍。

輕輕雨

輕輕雨，輕輕風，
重重哀愁重重夢，
摸索無數的歲月，
難記飄泊的行蹤。

為期待渺茫的低諾，
我從未計較勞苦與隱痛，
無邊的相思未淡，
鏡中的白髮已濃。

西去是茫茫的海洋，
東行是綿綿的山峰，

流落在狹小的市場，
虛度了清晨與黃昏。

念黯淡無望的未來，
有多少春夏與秋冬，
我難道為唱往昔的戀歌，
求新交給我故知的溫存？

一九五三，六，二七。九龍。

祝福

像春天解凍的小河，
用輕盈純潔的姿態，
坦白地映照皎潔的星光。
像清晨初醒的小鳥，
叫清健活潑的聲音，
天真地對發亮的叢林歌唱。

你無邪的笑容像初放的花蕾，
還不知塵埃與雨雪的瘋狂，
你素白的心胸像初升的月亮，
寧靜的叢林中還未看到虎狼。

但是我何忍向你解釋：
流水裡有浮萍會掩去星光，
還有秋天裡落葉的暗影
會把你哀愁帶向西方。

或者我應當告訴你：
你不該太早興奮地歌唱，
發亮的天空未必就有太陽，
白雲的後面有可怕的雨點躲藏。

那麼我應當為你祝福：
在熠熠的星光前，
你感受的會是溫暖與明朗。
叢林裡會都是馴良的飛禽，
伴著你美麗的歌聲
虔誠地在期待陽光。

一九五三，六，二七。九龍。

喻

你展覽身軀婀娜的衣裳我都已認識，
你似笑非笑的面貌我早已看厭，
你故作正經的語調我也已熟稔，
你自作多情的故事我聽了千遍萬遍。

你長長短短的傳記我已讀熟，
那千篇一律的廣告不過是自拉自吹，
賣空買空的情話何異逢場作戲，
那天長地久的盟誓竟都是虛偽。

那麼你何必還要提多年前的四月十六，
皎潔的月亮照著我灰白的臉，

晶瑩的淚珠染溼了你的衣襟，
長吻代替我們應談的語言。

如今即使我再來假作相愛，
也只是為寬解你良心上的悔與罪。
我在長長的相思中已經懂得，
那寧靜的孤獨裡有我最深的美。

一九五三，六，二九，晨。九龍。

眼睛

不知從哪一天起，我頓看到
人人的臉上有一對可怕的眼睛，
圓的、方的、三角的、六角的，
它們在教堂中出現，在廟會中出現。
於是在擁擠的街衢，雜沓的市場，
在戲院中，在飯館中，在商店中，
我發現了到處是殘忍的眼睛、
冷酷的眼睛，與貪婪的眼睛。
它們掛著紅色的血絲，
黑色的油膩與黃色的分泌，
拖著無神的光，閃著無情的欲，
深藏著可憐的夢與無恥的幻想，

以及計較毫釐得失的憂鬱，
與夜郎自大沾沾自喜的囂張。

於是我發現我自己也正有一對眼睛。
我還需用我的眼睛來看，
看肥瘦不一的女子
與高矮不齊的紳士。
我一生下來就學穿衣服，
如今我必須看別人的穿戴，
長袍短褂與長褲短襖，
繫在頸上的花帶與套在腳上的襪子。
各種厚薄的鞋，各色高低的帽，
露著胸的衣領，標著腿的衣裙，
鑲著金的耳葉與珠翠圍著的脖子。
他們只露一張或大或小的臉孔，
臉上還塗著香粉與胭脂，
畫著或闊或狹的眉毛，
含著潔白整齊的假齒。

一切衣著與裝飾，
已變成財富與修養的標誌。

而他們的眼睛！
我還需用我自己眼睛，
去看他們的眼睛。
於是我發現多數的眼睛
都戴著各種的眼鏡，
有色的眼鏡，有光的眼鏡，
鑲著奇形怪狀的框子，
掩蓋了歪曲了視覺的感應。
我開始知道他們怕見世界，
這廣大的世界，真實的世界。
我開始知道他們怕見天空，
這浩闊的天空，真實的天空，
他們怕看見真實的黑暗，
也怕看坦白強烈的光明。

人們在報紙後面偷看，
人們在扇子後面偷看，
人們在衣袖後面偷看。
看別人裝在衣袋裡的眼鏡，
猜測它們光度的淺深，
偷看別人臂上的異性，
猜測他們的身世與身分證上的年齡。
偷看別人身上的飾物，唇內的牙齒，
與聳起的胸脯去揣想是假是真。
還有人想偷看別人的衣袋，
有多少錢鈔與什麼樣的文件，
是否還藏著毒品與凶器，
甚至是人家懷裡的孩子，
也想知道他有什麼樣的父親。

人們在關著的窗縫間偷看，
看對街房子裡出浴的女性，
在等待手捧鮮花的男子；

偷看鄰居的牌桌上，
著旗袍的少婦忘扣了鈕子。
人們在高高陽台上偷看，
偷看街邊新到的難民，
在布幔後產生孩子；
偷看出喪的行列中，
跟隨著假哭的孝女與孝子。
人們在半開的門縫裡偷看，
偷看樓上的胖太太，
走著狹小的樓梯，
瘦削的丈夫跟在後面，
捧著大包小包的東西。

而我竟也有一對眼睛，
從小學習著看，學習著看書看人，
看舞台上的戲，銀幕上的電影。
但當我年輕時，我眼裡的人物：
講堂上的教師，法院裡的法官，

馬路的警察與衣冠楚楚的紳士，
總信他們都有顆神明的心，
具有高貴、良善、莊嚴與公正。
但不知從哪一天開始，
我竟看到了他們的眼睛，
他們的眼睛也帶著各色的眼鏡，
掩飾著妒忌貪婪勢利與殘忍。
當我年輕時，我眼前的女性，
總相信都是不老的仙子，
長裙短袖浮動著美麗的詩，
笑容裡蕩漾著蜜，
鮮紅的嘴唇與舌端，
都是天真無邪的故事。
可是如今，我在她們的
粉妝的皮膚上看到粉刺，
在塗著口紅的唇上，
我看到乾癟的裂縫，
裂縫裡嵌著焦黃的煙絲，

我還在她們肉食的齒縫裡，
看到已爛的鴨膀與鮮蝦的死屍。
我知道她們的心中充滿著
隱恨妒忌、計謀與野心，
嘴裡吞吐著損人利己的謠言，
虛偽的愛與假裝的仁慈。

這是我的眼睛，我可憐的眼睛！
當我看到別人眼上的各色眼鏡，
別人也說我永遠戴著懷疑的眼鏡；
不然我就可以安詳地相信，
相信一切裝飾都是文明，
一切殘忍都是公正，
一切肉麻都是愛情，
一切獸舞鳥歌蟲吟，
都不是弱肉強食，
而生存在世上的都是歡樂的生命。

一九五六，七，一七，晨四時。香港。

徐訏文集・新詩卷7　PG2717

時間的去處

作　　者	徐　訏
責任編輯	陳彥儒
圖文排版	陳彥妏
封面設計	王嵩賀

出版策劃	釀出版
製作發行	秀威資訊科技股份有限公司 114 台北市內湖區瑞光路76巷65號1樓 電話：+886-2-2796-3638　傳真：+886-2-2796-1377 服務信箱：service@showwe.com.tw http://www.showwe.com.tw
郵政劃撥	19563868　戶名：秀威資訊科技股份有限公司
展售門市	國家書店【松江門市】 104 台北市中山區松江路209號1樓 電話：+886-2-2518-0207　傳真：+886-2-2518-0778
網路訂購	秀威網路書店：https://store.showwe.tw 國家網路書店：https://www.govbooks.com.tw
法律顧問	毛國樑　律師
總 經 銷	聯合發行股份有限公司 231新北市新店區寶橋路235巷6弄6號4F 電話：+886-2-2917-8022　傳真：+886-2-2915-6275

出版日期	2022年2月　BOD一版
定　　價	200元

讀者回函卡

Printed in Taiwan

國家圖書館出版品預行編目

時間的去處/徐訏著. -- 一版. -- 臺北市 : 釀出版,
2022.02
面； 公分. -- (徐訏文集. 新詩卷 ; 7)
BOD版
ISBN 978-986-445-596-6(平裝)

851.487 110020861